AF359284

# VISIONS

## D'UN

## BON HOMME.

A

# A V I S.

Le prix de cette première Vision est de
75 centimes ; les autres paroîtront successi-
vement.

# VISIONS

## D'UN

## BON HOMME.

*Pastillos Rufillus olet, Gorgonius hircum.*
*Hor. Satir. II. Lib. I.*

## PREMIÈRE VISION.

A PARIS,

Chez RENARD, Libraire, rue de Cau-
martin, N° 750.

M. DCCC III.

AN XI. DE LA RÉPUBLIQUE FRANÇAISE.

# A V I S

## DE L'ÉDITEUR.

Il est inutile de rendre compte au Public du hasard imprévu et singulier qui a fait tomber cette feuille entre nos mains ; car il ne croit plus guère aux contes qu'on lui forge là-dessus tous les jours. Ce qu'il y a de sûr au moins, c'est que l'auteur nous est absolument inconnu, et que sans doute il regrette fort en ce moment la perte de son manuscrit. L'imprimer étoit à peu-près le seul moyen de le lui faire retrouver ; et c'est celui auquel, de l'avis de M. P.... nous avons cru devoir nous arrêter.

D'ailleurs l'auteur ayant intitulé cette *Vision* PREMIÈRE, cela nous fait croire qu'elle a des sœurs qui sont sans doute encore dans son porte-feuille, et qui n'auroient pu se produire avant leur aînée. Voilà, graces à nous, celle-ci lancée dans le monde ; il ne tiendra qu'aux cadettes de sauter également le fossé. C'est ce que les demoiselles d'aujourd'hui savent fort bien faire et même sans attendre qu'une aînée leur en ait donné l'exemple.

Nous avouons, au reste, étrangers comme nous le sommes aux jeux scéniques, que nous n'avons pas compris grand chose à tout ce radotage du bon homme ; d'autres peut-être y entendront mieux finesse. Nous desirons cependant qu'on n'y voye que ce qu'il y a mis, car nous ne voudrions fâcher personne.

Sur ce, citoyen lecteur, ou madame la lectrice, bon jour, bon estomach et bonnes nuits ; ce sont les trois meilleures choses à souhaiter en ce bas monde, à ceux qu'on aime.

# LA VISION
## D'UN BON HOMME.

....E T , sans savoir comment cela s'étoit opéré, je me trouvai tout-à-coup transporté au sein d'une vaste salle soutenue par des colonnes massives qui ne portoient sur rien. Elle étoit peinte en jaune, rouge, vert et bleu, qui sont les couleurs des perroquets, et l'on m'assura qu'en effet ceux qui l'habitoient ne parloient jamais que d'après les autres :

Et, à peine avois-je pris place au milieu d'une troupe de gens qui s'amusoient à siffler comme font les voleurs dans une forêt, ou les palefreniers lorsqu'ils conduisent leurs chevaux à l'abreuvoir, qu'un large rideau disparoissant assez gauchement de devant mes yeux, me découvrit une vaste enceinte formée de colonnes et d'édifices irréguliers :

Et sur cette place se montrèrent tour à tour des hommes étrangement vêtus, et des femmes qui l'étoient à peine :

Et parmi les premiers je distinguai d'a-bord un *grand Fantôme* habillé de blanc, dont les membres en mouvement figuroient assez bien les ailes d'un moulin, ou les bras d'un télégraphe :

Et l'on me dit qu'en effet le surnom de télégraphe lui avoit été donné par un esprit malin, et confirmé par le public qui depuis ne l'appelloit jamais autrement :

Et ce télégraphe me parut joindre de gran-des prétentions à un talent assez ordinaire :

Et il ne parloit jamais qu'avec emphase :

Et il mettoit des virgules entre chaque mot, et des points à chaque hémistiche :

Et je m'écriai : ce n'est pas ainsi qu'on parle lorsqu'on veut imiter la Nature :

Et à côté du télégraphe j'apperçus *un homme à l'œil farouche*, au teint have, à l'air égaré qui, jusqu'à *je vous aime*, disoit tout avec l'accent de la terreur :

Et je m'écriai : cet ardent jeune homme pourra bien rendre les farces sanglantes du monstrueux Shakespeare, mais quoiqu'il ait l'ame tragique, il n'exprimera jamais les beautés sublimes du divin et tendre Racine :

Et comme je faisois cette réflexion, survint un *vieillard à tête blanche*, dont les yeux pétillans animoient une figure chétive, et dont le corps sembloit affoibli par les maux plus encore que par les ans :

Et lorsque ce vieillard vint à parler, je reconnus l'accent de la Nature, et je me dis : celui-ci sent profondément tout ce qu'il exprime :

Et bientôt après survint un *jeune homme d'une figure ingrate*, qui ne me parut dénué ni de sensibilité ni d'adresse , mais qui poussoit des cris perçans , et agitoit en tous sens ses membres convulsifs ; le tout afin d'être applaudi, et ce moyen lui réussissoit souvent :

Et je me dis : ceux qui applaudissent ainsi ce jeune homme , ne sont pas dignes d'entendre le vieillard :

Et un *autre jeune homme* remplaça l'énergumène. Si celui-ci crioit quelque fois, ce n'étoit qu'à propos ; il me parut doué d'une sensibilité vraie, d'une grande candeur et d'un sentiment exquis de justesse ; et l'art avec lequel il modifioit son organe naturellement un peu dur, me donna une haute idée de son expérience et de son savoir :

Et l'ame encore émue par les accens du bon jeune homme, je vis s'avancer majestueusement une femme qu'à sa démarche, à son port, à son air, et à ses attitudes, je pris pour *Melpomène*. Mais lorsqu'elle parla, je fus détrompé, car sa voix rauque et souvent étouffée, se refusoit à plus d'une inflexion tragique :

Et cette femme me parut douée d'une vaste intelligence et d'un sentiment profond des convenances. Son silence même étoit éloquent , et je n'ai jamais vu écouter comme elle :

Et , rien qu'en la regardant seulement écouter , je compris tout ce que lui disoient les autres , car tous leurs discours se peignoient sur son visage attentif:

Et ce fut alors que j'apperçus un *homme d'une taille* qui par son élévation *majestueuse* et ses nobles proportions , me rappella celle des héros. A des formes vraiment tragiques il réunissoit un organe plein et nourri , et une grande vigueur de moyens. Il paroissoit avoir , en homme instruit , approfondi les secrets de son art ; et je me demandai avec douleur pourquoi il ne tiroit pas encore un plus grand parti de tant d'avantages :

Et près de lui parut un *jeune homme d'un physique delicat*, sans cependant être grêle ; d'une figure intéressante et douce ; dont l'organe annonçoit une ame sensible, mais dont il me sembla que quelqu'obstacle que je ne pus expliquer avoit arrêté les progrès ; tandis que d'autres causes que j'expliquai mieux, me parurent s'être rèunies pour contrarier son zèle, indisposer quelquefois contre lui le public, et mettre des entraves à son avancement :

Et le jeune homme fut remplacé par une *belle femme* à peu-près du même âge, dont la sensibilité me parut touchante et vraie, la conception prompte et facile, la figure assez expressive ; et à qui il ne manquoit peut-être que de la noblesse pour bien jouer la tragédie ; et de la grace et de la gaieté pour produire dans la comédie plus d'effet :

Et

Et je me dis : sa véritable place est dans le drame où sans doute elle doit exceller :

Et j'entendis près de moi une voix qui répondant à ma pensée, m'assura que j'avois deviné juste :

Et comme la voix prononçoit ces mots, je vis s'avancer d'assez mauvaise grace *un homme à l'œil morne*, au tein blême, aux regards farouches, aux cheveux plats, et qui ressembloit bien moins à un confident nécessaire qu'à un assez mal-adroit conspirateur :

Et lorsqu'il parla, son ton de voix lamentable redoubla la frayeur que son ensemble sinistre m'avoit inspirée :

Et je dis à mon voisin : sauvons-nous, car je pense que cet homme vient nous annoncer que le feu est à la Comédie :

Et mon voisin me répondit : je l'ai cru comme vous la première fois qu'il s'est offert à ma vue ; mais ce que vous aurez

peine à croire , c'est que cet homme
dont les traits sont si lugubres , et le visage
si atrabilaire, compose des pièces fort gaies,
qui font courir tout Paris , et à qui il ne
manque que d'être écrites en Français pour
pouvoir être lues :

Et je répondis à mon voisin : puisque
cela est ainsi, qu'il fasse donc des comédies, mais qu'il ne la joue pas ; car quoiqu'il dise avec justesse , je sens que je ne
saurois m'accoutumer à cette voix et à cette
figure ; je croirois toujours entendre parler
un revenant , et voir marcher un fantôme :

Et comme j'achevois ces paroles, *un
autre confident* parut :

Et celui-ci avoit l'air d'un malheur :

Et lorsqu'on m'assura qu'il étoit l'ora-
teur de la troupe , je crus que c'étoit seulement pour annoncer au public les événe-
mens fâcheux :

Et mon voisin qui le connoissoit depuis

longtemps, prit encore la parole et dit : cet homme n'est pas sans intelligence, et il y joint une grande habitude de la scène. Son abord déplaît, j'en conviens, mais en général il dit juste ; et le murmure qui l'accueille presque toujours lorsqu'il entre, ne le suit jamais à sa sortie. D'ailleurs il joue rarement, et c'est sous d'autres rapports qu'il est à ses camarades d'une grande et continuelle utilité, car il ment pour eux avec tout le monde et à chaque instant du jour :

Et je dis, à la bonne heure ; qu'il mente donc et qu'il ne joue guère :

Et tout-à-coup le rideau tomba ; le bruit des sifflets recommença dans la salle, et les sons d'une musique discordante et mo-notone qui s'y mêloient par intervalle, achevèrent de m'étourdir. J'allois me reti-rer, lorsque la toile se relevant de nouveau me transporta dans un salon richement dé-coré, et dans lequel il ne manquoit que des meubles :                    B 2

Et par la porte du fond de ce salon , je vis entrer un homme qu'on me dit être un *septuagénaire* , et dont tout l'extérieur annonçoit à peine dix lustres :

Et cet homme parloit là comme on parle dans le monde :

Et il abordoit les femmes comme on les abordoit autrefois , et comme , malheureusement, on ne les aborde plus aujourd'hui :

Et il paroissoit toujours l'homme de la Nature , et jamais celui de la comédie :

Et sa diction avoit pour mon oreille enchantée, le charme de la plus douce mélodie :

Et les accens de sa voix pénétroient jusqu'à mon cœur :

Et s'il eût été un peu plus avare de gestes, j'aurois dit, voilà un acteur sans défauts :

Et j'apperçus à sa droite une *grosse dame* dont la fraicheur faisoit plaisir à voir :

Et son charmant visage exprimoit tous les sentimens et toutes les sensations avec une étonnante mobilité :

Et les traits du contentement et de la joie étoient ceux qui s'y peignoient le mieux :

Et cette dame parloit aussi comme on parle dans la société :

Et elle ne déclamoit jamais :

Et elle me parut être un composé de graces indéfinissables :

Et les gens difficiles disoient qu'avec un degré de noblesse et de sensibilité de plus, elle eût offert le modèle de la perfection :

Et je pensai alors que cette dame qui plaisoit tant dans les premiers rôles, les mères nobles et encore jeunes, et les rôles d'un caractère original, avoit peut-être été destinée par la Nature à jouer les soubrettes :

Et mon voisin qui l'avoit vue il y a 18 ans dans un rôle fameux, qu'elle jouoit pour la centième fois consécutive, répondant à ma pensée, me dit que j'avois raison :

Et un *homme de moyen âge*, dont les yeux noirs étoient singulièrement expressifs, et dont tout l'ensemble annonçoit beaucoup de grace et d'aisance, parut alors :

Et je remarquai en lui un excellent ton ; une adresse peu commune ; une diction naturelle, et un aplomb d'une justesse extrême :

Et mon voisin me dit : après le septuagénaire voilà notre plus cher espoir ; mais il en est encore à une grande distance, quoique doué d'un talent très-éminent :

Et je répondis : je le crois sans peine ; on peut être dans cette carrière un homme supérieur , et se trouver encore loin du septuagénaire :

Et comme je parlois encore, survint un *serviteur leste et pimpant* , d'une figure agréable et distinguée, et dont le jeu me parut plein d'esprit , de finesse et de goût :

Et je m'écriai : voilà ce qui s'appelle un valet de bonne compagnie. On n'en voit plus de pareils aujourd'hui. Cependant

ceux qui garnissoient autrefois les anti-
chambres, habitent à présent les salons :

Et mon voisin me dit : ce serviteur sait
prendre l'esprit et le caractère de tous ses
rôles ; il en a créés une foule, et il n'est
déplacé dans aucun ; il se grime à mer-
veille et ne grimace presque jamais :

, Et je le crus sans peine :

Et comme je considérois avec un nouveau plaisir, le serviteur leste et gracieux
arriva sous un habit de paysan, un *bon
vieillard encore agile*, qui m'enchanta par
un jeu plein de naturel, d'aisance et de
naïveté ; et qui me parut appartenir aux
beaux jours de la Comédie.

Et mon voisin me dit : quel dommage
que nos auteurs comiques dédaignent aujourd'hui de mettre des rôles de paysan
dans leurs ouvrages ; et que le public
s'obstine à repousser ces jolies petites pièces
de d'Ancourt, qui présentent ce caractère

sous tant de formes variées ! Par-là nous nous voyons presque privés de cet excellent acteur qui paroît aujourd'hui pour la dernière fois, et dont le grand âge ( car il est le doyen de cette salle, ) n'a pu affoiblir le talent ni le zèle :

Et il survint alors, sous le même costume, un homme dont le jeu bien moins naïf que grossier, n'offroit à l'œil des connoisseurs rien de naturel ; qui s'arrêtoit à chaque mot comme pour attendre des applaudissemens commandés ; qui jouoit avec une prétention marquée , et une finesse tout-à-fait gauche, des rôles qui réclament surtout de la franchise et de l'abandon ; et qui ne me faisoit voir qu'un *épais crocheteur* sous l'habit d'un paysan ingénu :

Et mon voisin me dit : voilà celui qui va succéder dans ces sortes de rôles au bon vieillard agile :

Et je me sentis tout-à-coup le cœur serré :

Et je cessai alors de regretter que les jeunes auteurs ne missent plus de paysans sur la scène, et que le parterre s'obstinât à repousser les petites comédies de d'Ancourt. Je vis que cet acteur avoit gâté par un faux systême, tout ce que la Nature avoit fait pour lui, mais ce mal me parut sans remède, parce que la tourbe ignorante l'entretient dans son erreur :

Et, comme je faisois ces réflexions, je vis sortir d'une des portes latérales du beau salon sans meubles, une jeune *dame bien parée* et d'une agréable figure :

Et mon voisin me dit : voilà notre principale amoureuse, celle qui est destinée à succéder un jour à cette grosse dame si fraiche et si belle qui vous a fait tant de plaisir :

Et je considérai alors attentivement la jeune dame bien parée et d'une agréable figure :

Et je vis avec chagrin qu'elle minaudoit sans cesse, et que ses yeux étoient bien moins souvent à la scène que dans les loges :

Et lorsqu'elle parla je m'apperçus qu'elle dénaturoit à plaisir un charmant organe ; qu'elle portoit continuellement sa voix dans le haut, et qu'elle avoit souvent l'air du dédain au lieu de celui de la tendresse ou de la noble fierté :

Et cela m'affligea d'autant plus que cette jeune dame me parut avoir de l'aplomb, de la décence, un jeu spirituel, et en général un ton et un maintien de comédie appartenant encore à la bonne école :

Et mon voisin à qui je fis part de ces observations, me dit que tous les gens qui s'intéressoient véritablement à la jeune femme, l'avoient avertie de ces défauts ; et qu'elle n'en avoit tenu aucun compte. Que plus occupée de ses plaisirs que de son état, elle étoit sourde à la voix de la vérité, et paroissoit avoir abandonné tout le soin de sa gloire....théatrale :

Et je ne répliquai rien , mais je pensai que la jeune dame *succéderoit* à la grosse dame, mais ne la *remplaceroit* jamais :

Et je m'en affligeai sincèrement, tant pour le public que pour la jeune dame, qui, je le confesse, m'avoit beaucoup plu:

Et tout-à-coup, et comme pour me distraire de ces tristes pensées, parut une autre *femme encore jeune* , qu'on me dit appartenir à la classe des servantes ; ce que je n'aurois pas cru en voyant son air distingué, sa taille noble , et sa démarche imposante. Mais comme elle avoit aussi beaucoup d'enjouement , de vivacité , et une assez grande dose de hardiesse, je compris qu'elle pouvoit être une femme de chambre de bonne maison , et qu'elle avoit du faire tourner la tête à plus d'un enfant de famille :

Et mon voisin me dit fort gravement que j'avois raison :

Et puis il ajouta : cette soubrette pétrie

de graces et de talens est idolâtrée du public, et c'est à juste titre. Elle mériteroit, sans aucune restriction, le suffrage des connoisseurs les plus difficiles, si, abusant moins *quelque fois* de tous ses avantages, elle mettoit plus de réserve dans son jeu ; plus de décence dans ses manières ; et s'en tenoit plus sévèrement à l'esprit de ses rôles. Mais malgré, peut-être même à cause de tous ces petits défauts, elle plaît si généralement qu'on est forcé souvent de les oublier, de les trouver aimables, et même d'y applaudir :

Et je vis arriver à sa suite deux autres jeunes et jolies servantes dónt l'une avoit plus de naturel que de graces ; et l'autre des graces que le naturel n'accompagnoit pas toujours, et que trop de volubilité dans le débit empéchoit souvent d'apprécier :

Et je pensai qu'il ne faut cependant pas être trop exigeant, de peur de devenir injuste ;

injuste; et que la réunion de tous les moyens de plaire chez le même individu , est un phénix encore à trouver :

Et comme je faisois ces réflexions , pour le profit de plus d'un amour-propre , parut un jeune et assez *joli cavalier* que je devinai sans peine appartenir à la classe des amoureux :

Et il me sembla qu'il débitoit souvent son rôle au lieu de le jouer ; qu'il paroissoit ne pas sentir toujours ce qu'il étoit chargé d'exprimer ; et qu'il avoit des distractions fréquentes :

Et je fis part de ces remarques à mon voisin, car je n'osois plus penser sans lui :

Et il me dit : vous avez raison. Puis il ajouta : ce jeune homme , par l'effet des circonstances , s'est trouvé appellé à de grandes destinées qu'il n'a point encore remplies , et dont je crois qu'il auroit pu mieux profiter ; car on ne peut lui

C

refuser de l'intelligence, un ton en général assez décent, et une sorte de vivacité qui plairoit davantage si elle paroissoit plus tenir du sentiment, mais qui n'est jamais en opposition avec ses rôles. Ses progrès sont lents, j'en conviens, mais ils sont réels. La bonne éducation qu'il a reçue en est le garant, et mon avis est qu'il faut encourager la jeunesse pour peu qu'elle annonce d'heureuses dispositions, et qu'elle soit docile aux avis de l'expérience :

Et pendant que mon voisin parloit ainsi, survint une *jeune fille* dont l'air *candide*, aimable, et ingénu me prévint favorablement. Elle avoit de très beaux yeux, une charmante coupe de visage, et surtout un son de voix qui faisoit vibrer les cordes du cœur :

Et mon voisin qui ne se lassoit point d'éclairer mon ignorance, me dit : c'est la fille du vieillard à tête blanche ; comme lui elle connoît l'accent de la Nature, et la route de l'ame. Elle réunit à beaucoup de moyens de plaire, de grands moyens pour intéresser. Mais une sorte de nonchalance, qui tient peut-être à la délicatesse de son tempérament, semble nuire à ses progrès. Il est à craindre que se reposant un peu trop sur ses avantages personnels et sur la faveur constante et méritée du public, elle oublie que dans cette carrière, on recule dès le moment qu'on s'arrête : cependant, il faut être juste, depuis quelque temps elle paroit mieux s'en ressouvenir :

Et comme il parloit encore, je vis succéder à la jeune fille aimable et ingénue, un *grand garçon bien nourri* que je devinai d'abord appartenir à l'ordre des serviteurs:

Et je remarquai qu'il disoit juste ; qu'il avoit du nerf, assez d'aplomb, cette assurance qui chez les laquais est si voisine de l'effronterie , et semble être le cachet distinctif de la profession :

Et je le dis à mon voisin , en ajoutant : ce brave garçon me paroît vraiment appellé à ces sortes de rôles , il doit s'en acquitter bien :

Et mon voisin me répondit : cela est vrai : mais il s'en acquitteroit mieux encore s'il avoit de la mémoire. Soit défaut dans l'organisation , soit insouciance , soit paresse , il ne sait jamais complètement ses rôles, et cela nuit souvent à l'effet qu'il y pourroit produire. Cela n'empêche pas qu'il ne soit aimé du public, et c'est à juste titre :

Et je vis alors paroître ensemble divers individus auxquels je ne prêtai qu'une attention légère. J'en distinguai seulement un qui remplissoit , me dit-on , beaucoup de mauvais rôles dans lesquels il mettoit souvent de la chaleur , toujours de l'intelligence , mais auquel on avoit à reprocher une déclamation qui ressembloit fréquemment à un chant cadencé, et un ton quelquefois pleureur ; et j'en remarquai un autre porteur d'une belle figure , mais qui sans doute avoit quelques raisons d'en vouloir au parterre , car il ne cessoit de lui montrer les dents :

Et après eux parut un *jeune* homme appartenant à la caste des *héros* , et qu'on me dit être le dernier venu de cette brillante assemblée :

Et ce jeune héros auquel le public avot prodigué les plus vifs encouragemens, me parut avoir en lui de quoi les mériter un jour dans toute leur étendue :

Et il disoit en homme instruit et qui connoît toute la valeur de ce qu'il doit dire :

Et il se dessinoit avec noblesse , et faisoit oublier par beaucoup d'art le peu d'expression de ses traits :

Et sans manquer de sensibilité, il savoit la concentrer , et se gardoit bien de l'évaporer en pure perte :

Et l'on me dit qu'il aimoit son art avec passion, et qu'il s'y livroit sans réserve :

Et je dis à mon voisin, je ne sais si je me trompe, mais je crois que ce jeune homme ira loin :

Et comme mon voisin se penchoit vers mon oreille pour me répondre, parut *un vieillard* à cheveux blancs, *d'une taille élevée*, et sur le front duquel la probité venoit se peindre, avec des traits vénérables. Il disoit avec sentiment et chaleur, et détailloit avec beaucoup de naturel ; une longue habitude de la scène ajoutoit à ces avantages, et l'on distinguoit sans peine qu'il sortoit de la bonne école : mais je lui trouvai quelques inflexions, tantôt monotones, tantôt en discordance avec le diapason de ses interlocuteurs ; et je crus remarquer que ces tons dont il ne me parut pas être le maître, nuisoient à l'effet de sa déclamation, et l'empêchoient souvent d'être applaudi dans des couplets qu'il avoit fort bien dits jusqu'au pénultième vers :

Et mon voisin me dit : vous avez deviné juste ; c'est le tort de sa voix et non le sien : ajoutons que c'est un sujet rempli de zèle, disposé à se charger des rôles les plus ingrats , dont il sait tirer parti , et qui ne déparera jamais les bons :

Et à ce vieillard vénérable succéda *un homme entre deux âges* , que je reconnus à son acoutrement pour appartenir à la classe des financiers et des Manteaux :

Et je m'apperçus que cet homme disoit toujours juste ; qu'il saisissoit admirablement le caractère de ses rôles ; que son talent moins brillant que solide , convenoit très-bien à son double emploi ; qu'il jouoit sans prétention , mais en homme consommé dans son art :

Et je m'écriai : ce financier sort sans doute de la bonne école , et je ne doute pas qu'il n'ait vieilli avec le *septuagénaire*, la *grosse dame*, *l'amoureux aux yeux noirs*, le *serviteur aimable*, et la *gracieuse servante* :

Et mon voisin riant de mon exclamation, m'assura qu'il n'y avoit pas encore deux lustres qu'il étoit avec eux :

Et je ne cessai de m'étonner qu'il eut pris en aussi peu d'années l'esprit, le ton et la couleur de la bonne école :

Et cette surprise augmenta mon estime pour l'homme entre deux âges, dont on me vanta de plus l'extrême modestie :

Et comme je n'étois pas encore revenu de mon étonnement, je vis rouler sur le théatre une *grosse boule* qui me parut appartenir à la classe des serviteurs :

Et cette grosse boule me fit beaucoup rire, et me parut très-propre à figurer dans les caricatures (1) :

_______________

(1) Hélas! cette grosse boule a roulé depuis que ces lignes sont écrites, jusques dans le fleuve de l'éternité. Mais l'on n'a pas crû pour cela devoir les effacer.

Et mon voisin me dit : cela est vrai ; elle y est extrêmement plaisante, même sans charge ; mais il faut qu'elle s'y tienne :

Et comme je considérois encore avec plaisir la grosse boule , je vis sortir de dessous terre un *long échalas* sec et froid , qu'on me dit destiné à la remplacer un jour :

Et cet échalas que je regardai alors avec plus d'attention , me parut dénué de tous moyens comiques ; et, quoiqu'il dît assez purement , je doutai qu'il pût jamais arracher un sourire au connoisseur dans les rôles les plus bouffons de l'ancien répertoire :

Et mon voisin me dit que je ne me trompois pas :

Et je croyois avoir passé en revue tous les nombreux habitans de la grande salle , et j'allois prendre congé d'eux , lorsque je vis s'avancer une *très-jeune personne* , dont la taille n'étoit point imposante , mais dont les yeux étoient fort beaux , et dont les traits du visage me parurent fort expressifs :

Et elle parla, et mon cœur fut ému :

Et sa sensibilité me parut vraie, parce qu'elle étoit communicative :

Et sa diction étoit sage, son maintien modeste, et ses gestes naturels :

Et je devinai sans peine qu'elle avoit reçu des leçons d'un membre distingué de la bonne école, et qu'elle en avoit profité :

Et comme j'allois demander à mon voisin quelques détails sur cette aimable inconnue, je vis arriver en manteau noir un *homme au teint brun*, à l'œil vif, qui me parut avoir les jambes d'un bossu et la voix d'un châtré :

Et je demandai à mon voisin comment, avec cette voix claire, on pouvoit faire illusion dans des rôles qui exigent beaucoup de rondeur et de plénitude dans l'organe :

Et comme mon voisin alloit me répondre, cet homme se mit à grimacer et à gesticuler d'une telle manière, que je crus reconnoître en lui un gentilhomme Napolitain que j'avois souvent rencontré dans le cours de mes voyages, et qui s'est rendu si célèbre dans le monde sous le nom d'*il signor Pulcinella* :

Et je me dis : ce n'est pas ainsi que l'homme entre deux âges joue ces sortes de rôles :

Et mon voisin me dit : vous avez bien raison. Mais celui-ci a joué pendant de longues années les serviteurs, et il en a porté toutes les habitudes dans les Manteaux et dans les financiers. Telle est l'origine de cette charge basse et puérile qui seroit outrée dans les comiques, et qui devient repoussante dans des rôles plus nobles. Mais lorsqu'il veut dire sagement les Manteaux, il y fait quelque plaisir ; car on ne peut lui refuser de l'esprit, des lumières, et une longue habitude de la scène. Cependant ces avantages même ajoutent à ses torts, puisque ce n'est point par ignorance qu'il ravale ainsi son talent :

Et frappé de la justesse de ces observations j'allois prier mon voisin de leur don-
ner plus d'étendue, lorsque l'homme au
manteau noir forçant de plus en plus son
jeu, et donnant ce qu'on appelle le coup
de fouet afin d'obtenir le coup de main,
monta tellement le diapason de sa voix
glapissante, et poussa des cris si aigus qu'il
déchira le timpan de mon oreille droite....
Et je m'éveillai.....

*Fin de la première Vision d'un Bon Homme.*

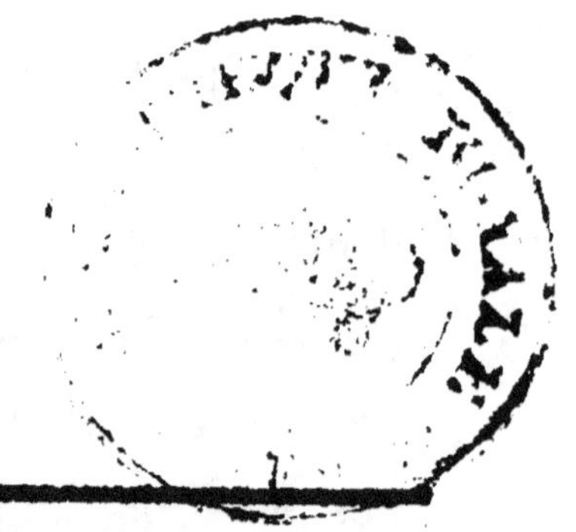

De l'Impr merie de PRAULT, rue Taranne,
N.º 749, à l'Immortalité.